Cigüeñas y pingüinos

Lada Josefa Kratky

NATIONAL GEOGRAPHIC LEARNING | CENGAGE Learning·

Con los días cálidos de marzo, llegan las cigüeñas a Turquía. Llegan de muy lejos a hacer sus nidos. No van sobre el mar, solo sobre tierra.

En ese mismo mes, muy lejos de allí, cerca del Polo Sur, hay días oscuros de viento y frío. Sale poco el sol. Allí es donde viven los pingüinos.

ANTÁRTIDA

Polo Sur

Las cigüeñas son blancas y negras. Tienen patas largas y alas enormes. Las alas les sirven para volar muy, muy lejos.

Los pingüinos son blancos y
negros. Tienen patas cortitas
y alas pequeñitas. Las alas les
sirven como aletas para nadar.

Las cigüeñas muchas veces hacen sus nidos en los techos de las casas. Hacen sus nidos de palos, papel, ramitas y pasto. Allí nacen los pichones. Sus papás les dan de comer.

Los pingüinos no tienen nidos. El papá pone al bebé debajo de sus plumas. Allí está calentito y a gusto. Los pingüinos se paran unos entre otros todos juntitos, para no sentir tanto el viento y el frío.

Las cigüeñas no hablan ni pían, pero se pueden comunicar entre sí. Dan golpes rápidos con su pico. Hacen un tipo de danza con la cabeza para saludarse.

Los pingüinos sí pían. Los
bebés reconocen la voz de su
papá cuando el papá pía. Los
pingüinos viven todos juntos, y
un bebé sinvergüenza se puede
perder entre tantos.

A las cigüeñas no les importa estar cerca de la gente. Y la gente dice que es algo bueno cuando las cigüeñas hacen su nido cerca de sus casas.

Los pingüinos no les temen
a las personas que los visitan.
Esto será porque los pingüinos
no tienen muchos enemigos
donde viven.

Cuando llegan los días de frío en Turquía, las cigüeñas van al sur otra vez. Muchas siguen la ruta sobre el río Nilo. ¡Ninguna llegará hasta donde viven los pingüinos!

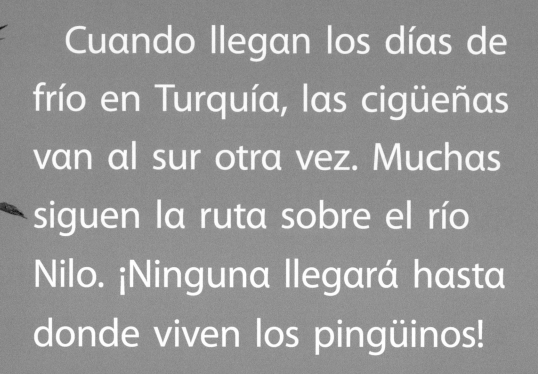

EUROPA

Turquía

Río Nilo

ÁFRICA